My Big Barefoot Book of

FRENCH & ENGLISH WORDS

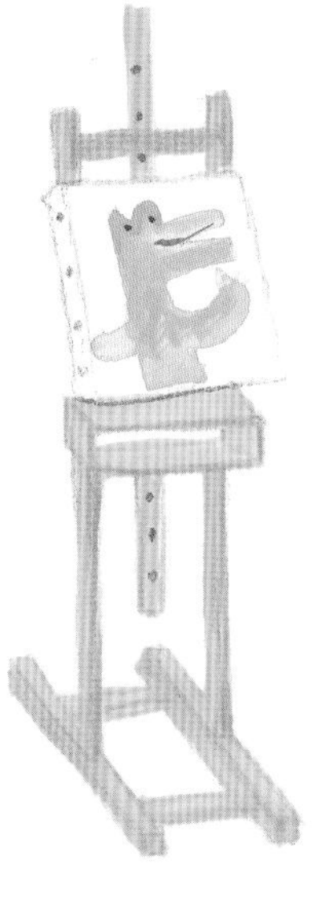

For my family:
Nick, Sasha, Darrin
and Pammy Jane
— K. M. J. D.

For Anna Andrisani,
Antonio Amato, Mara,
Palma, Carmen and Enzo,
such a wonderful family!
— S. F.

Barefoot Books
2067 Massachusetts Ave
Cambridge, MA 02140

Text and concept by KMJ DePalma, Barefoot Books
Text copyright © 2014 and 2016 by Barefoot Books
Illustrations copyright © 2014 by Sophie Fatus
The moral rights of Barefoot Books
and Sophie Fatus have been asserted

First published in the United States of America
by Barefoot Books, Inc in 2014 as
My Big Barefoot Book of Wonderful Words
This bilingual French edition first published in 2016
All rights reserved

Graphic design by Katie Jennings Campbell,
Asheville, North Carolina
Edited by KMJ DePalma, Tessa Strickland and Victoria Tyler
Translation by Jennifer Couëlle
Reproduction by B & P International, Hong Kong
Printed in China on 100% acid-free paper
This book was typeset in Carrotflower, Slappy and Cabrito
The illustrations were prepared in
mixed media: acrylic and colored pencils

Hardback ISBN: 978-1-78285-295-7
Library of Congress Cataloging-in-Publication Data
is available upon request

5 7 9 8 6 4

My Big Barefoot Book of FRENCH & ENGLISH WORDS

Sophie Fatus

Barefoot Books
step inside a story

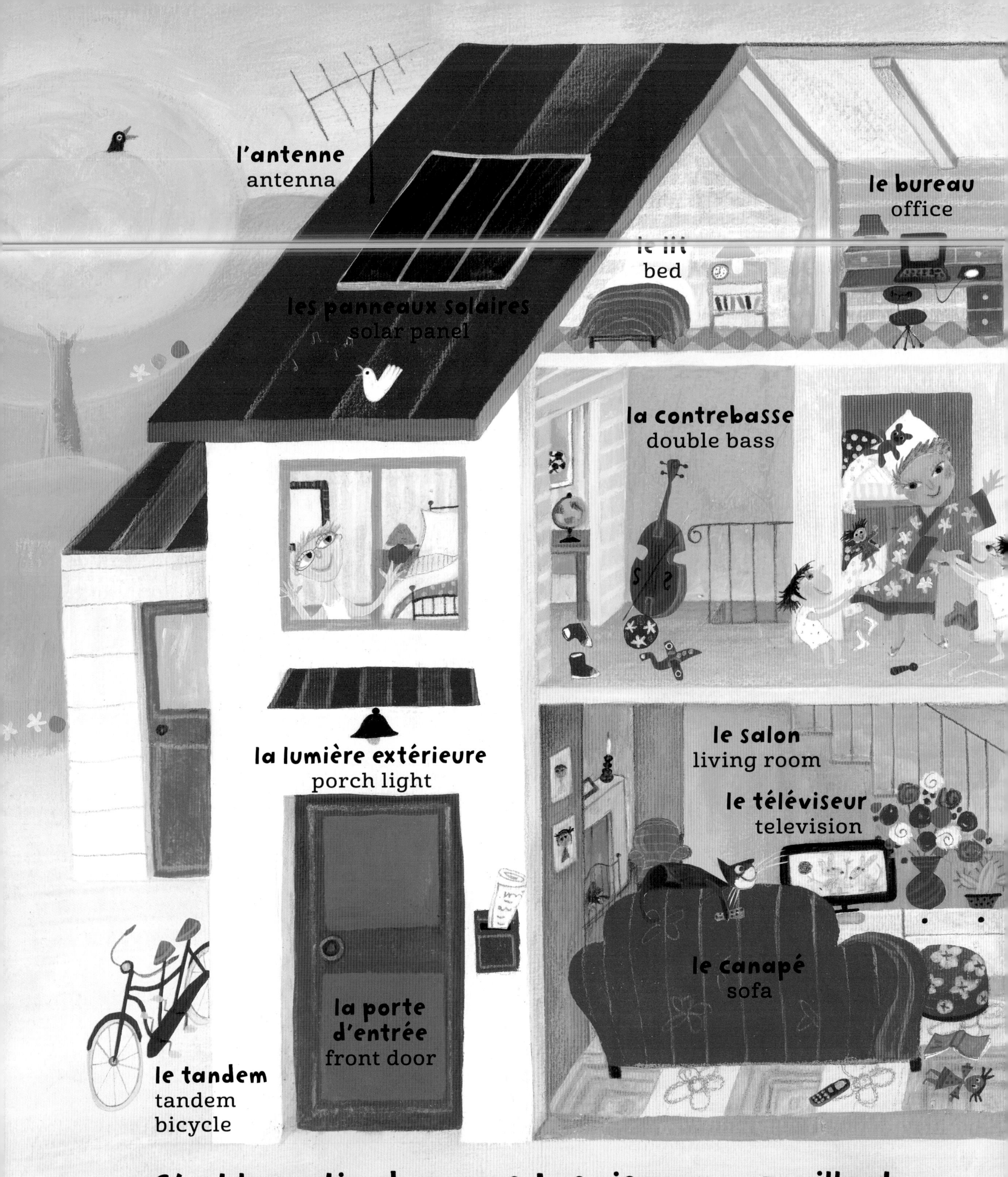
l'antenne
antenna
les panneaux solaires
solar panel
le lit
bed
le bureau
office
la contrebasse
double bass
la lumière extérieure
porch light
le salon
living room
le téléviseur
television
le canapé
sofa
la porte d'entrée
front door
le tandem
tandem bicycle

C'est le matin chez nous. Les oiseaux gazouillent.

It's morning time at our house. The birds are chirping.

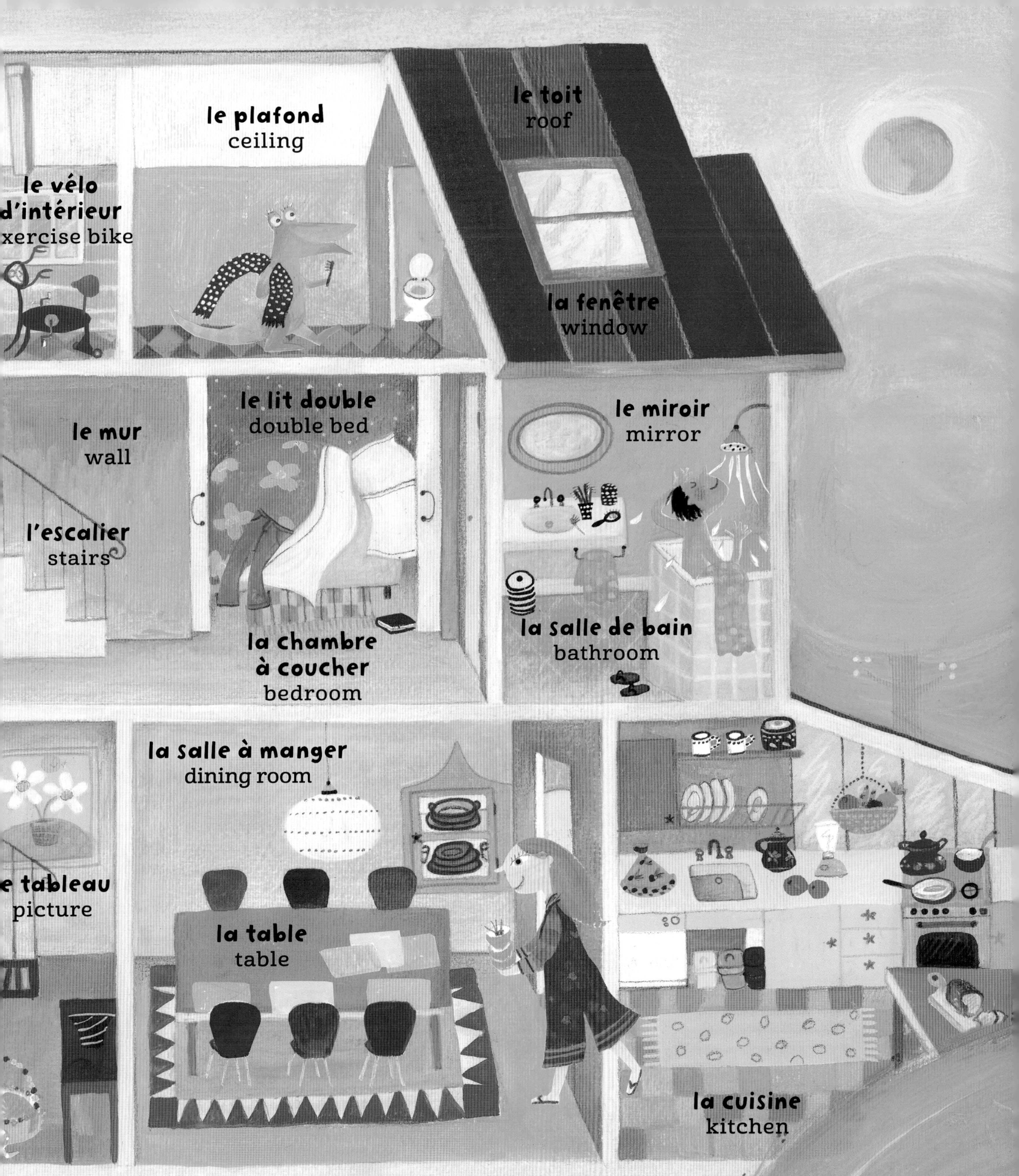
le plafond
ceiling
le toit
roof
le vélo
d'intérieur
xercise bike
la fenêtre
window
le lit double
double bed
le mur
wall
le miroir
mirror
l'escalier
stairs
la salle de bain
bathroom
la chambre
à coucher
bedroom
la salle à manger
dining room
e tableau
picture
la table
table
la cuisine
kitchen

C'est l'heure de se préparer !

It's time to get ready!

Habillons-nous !

Let's get dressed!

la casquette de baseball
baseball cap

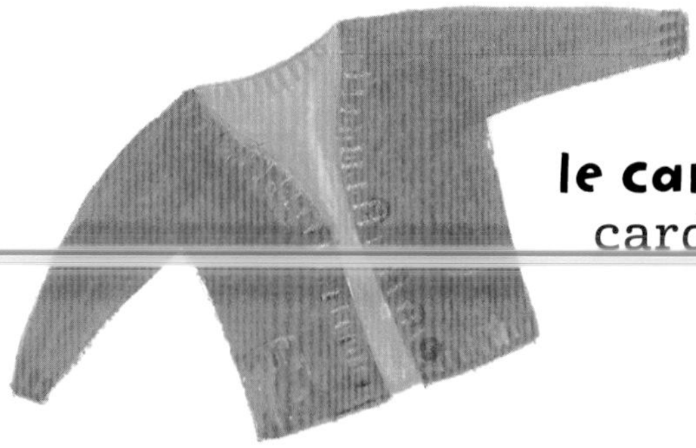

le cardigan
cardigan

le paréo
sarong

la mitaine
mitten

le maillot de corps
undershirt

le pantalon
pants

le tee-shirt
t-shirt

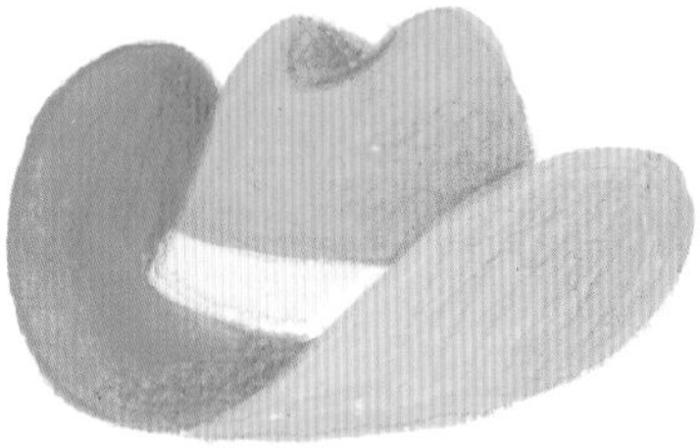

le chapeau de cowboy
cowboy hat

le caleçon
boxer shorts

l'imperméable
raincoat

les baskets
sneakers

la robe de fête
party dress

le béret
beret

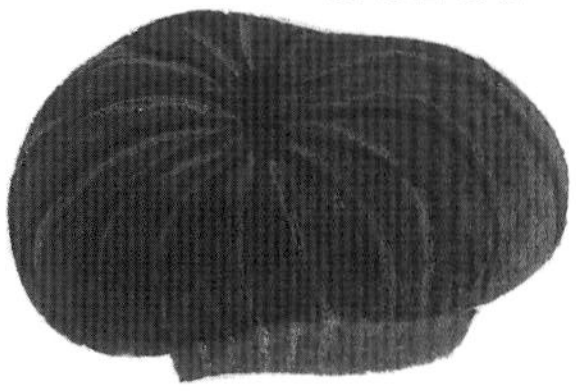

la tunique africaine
dashiki

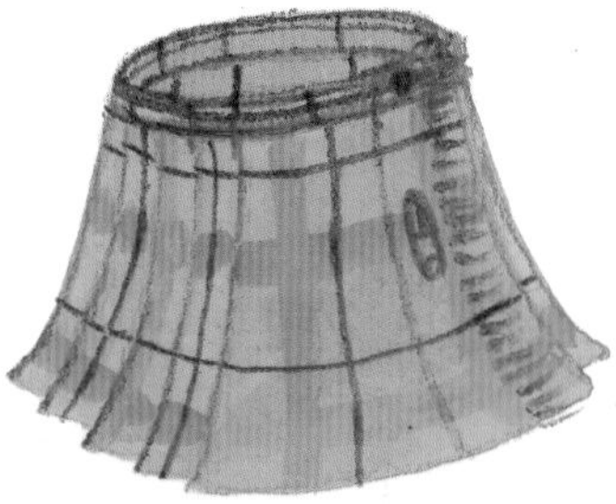

le kilt écossais
tartan kilt

Qu'est-ce que tu aimerais porter aujourd'hui ?

What would you like to wear today?

le kimono
kimono

le chapeau de paille
straw hat

le collant
tights

les gants
gloves

le cache-oreilles
earmuffs

le survêtement
tracksuit

le chemisier
shirt

les chaussettes
socks

le short
shorts

la jupe
skirt

la salopette
overalls

les sandales
sandals

les bottes
boots

le salwar kameez
salwar kameez

la tunique
tunic

le sari
sari

les chaussures
shoes

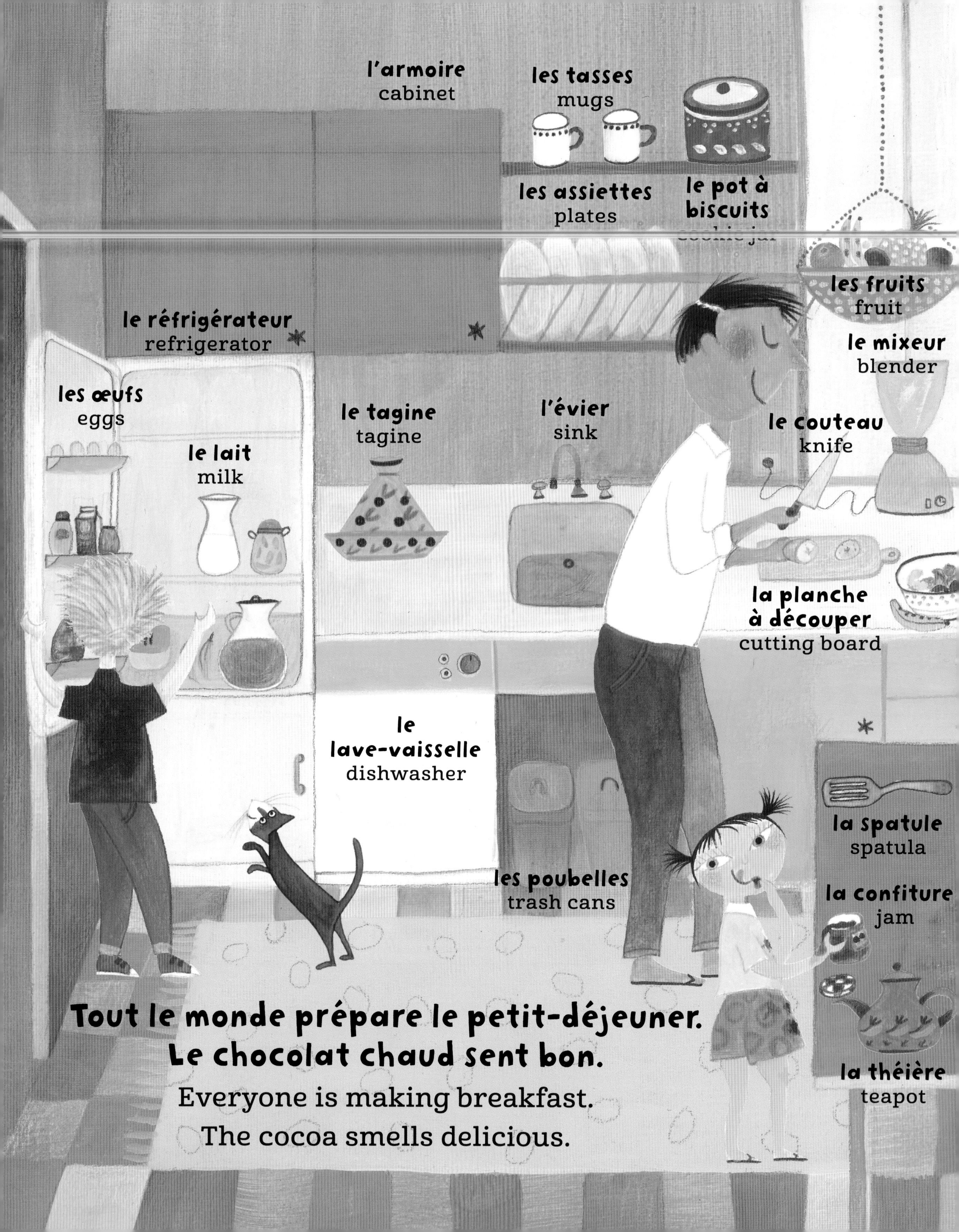
l'armoire
cabinet
les tasses
mugs
les assiettes
plates
le pot à biscuits
les fruits
fruit
le réfrigérateur
refrigerator
le mixeur
blender
les œufs
eggs
le tagine
tagine
l'évier
sink
le couteau
knife
le lait
milk
la planche à découper
cutting board
le lave-vaisselle
dishwasher
la spatule
spatula
les poubelles
trash cans
la confiture
jam
la théière
teapot

Tout le monde prépare le petit-déjeuner.
Le chocolat chaud sent bon.

Everyone is making breakfast.
The cocoa smells delicious.

Ne laisse pas Croquette manger les crêpes!

Don't let Croquette eat the pancakes!

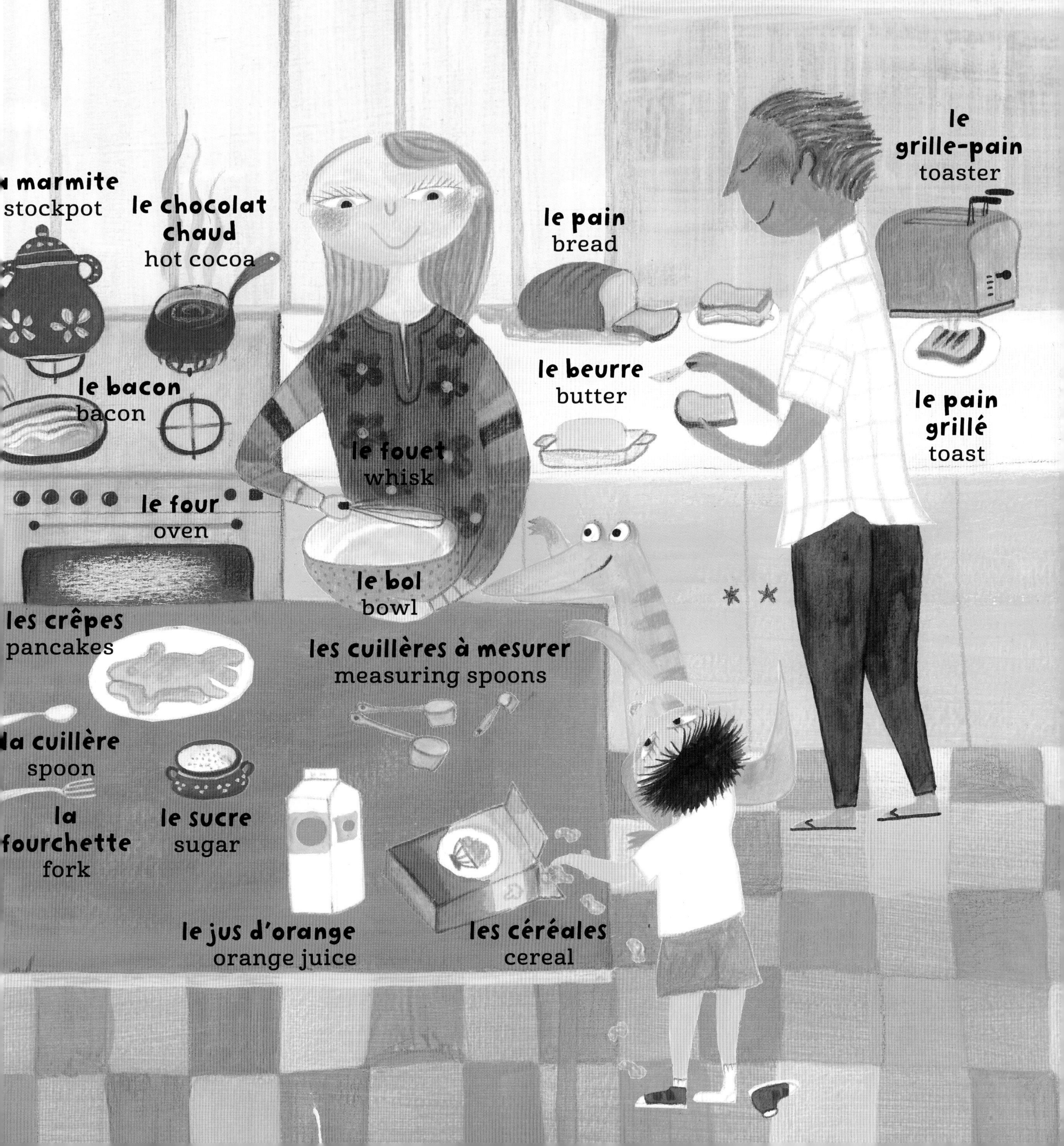

Après le petit-déjeuner, Maman et Papa vont dans l'atelier.

After breakfast, Maman and Papa go to the garage.

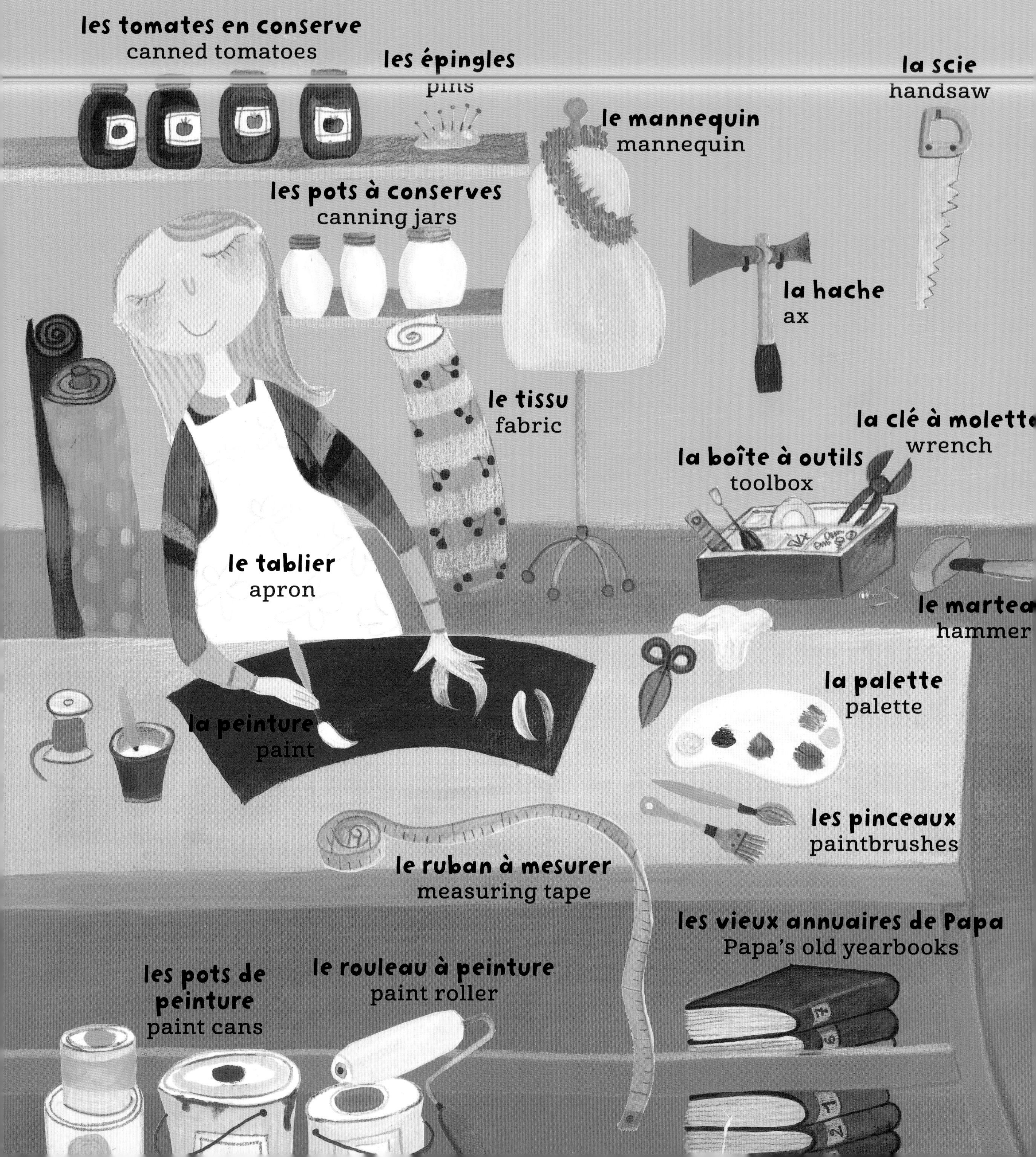
les tomates en conserve
canned tomatoes
les épingles
pins
la scie
handsaw
le mannequin
mannequin
les pots à conserves
canning jars
la hache
ax
le tissu
fabric
la clé à molett
wrench
la boîte à outils
toolbox
le tablier
apron
le martea
hammer
la palette
palette
la peinture
paint
les pinceaux
paintbrushes
le ruban à mesurer
measuring tape
les vieux annuaires de Papa
Papa's old yearbooks
les pots de peinture
paint cans
le rouleau à peinture
paint roller

Ils travaillent à un projet. Sais-tu ce que c'est ?

They're working on a project. What do you think it is?

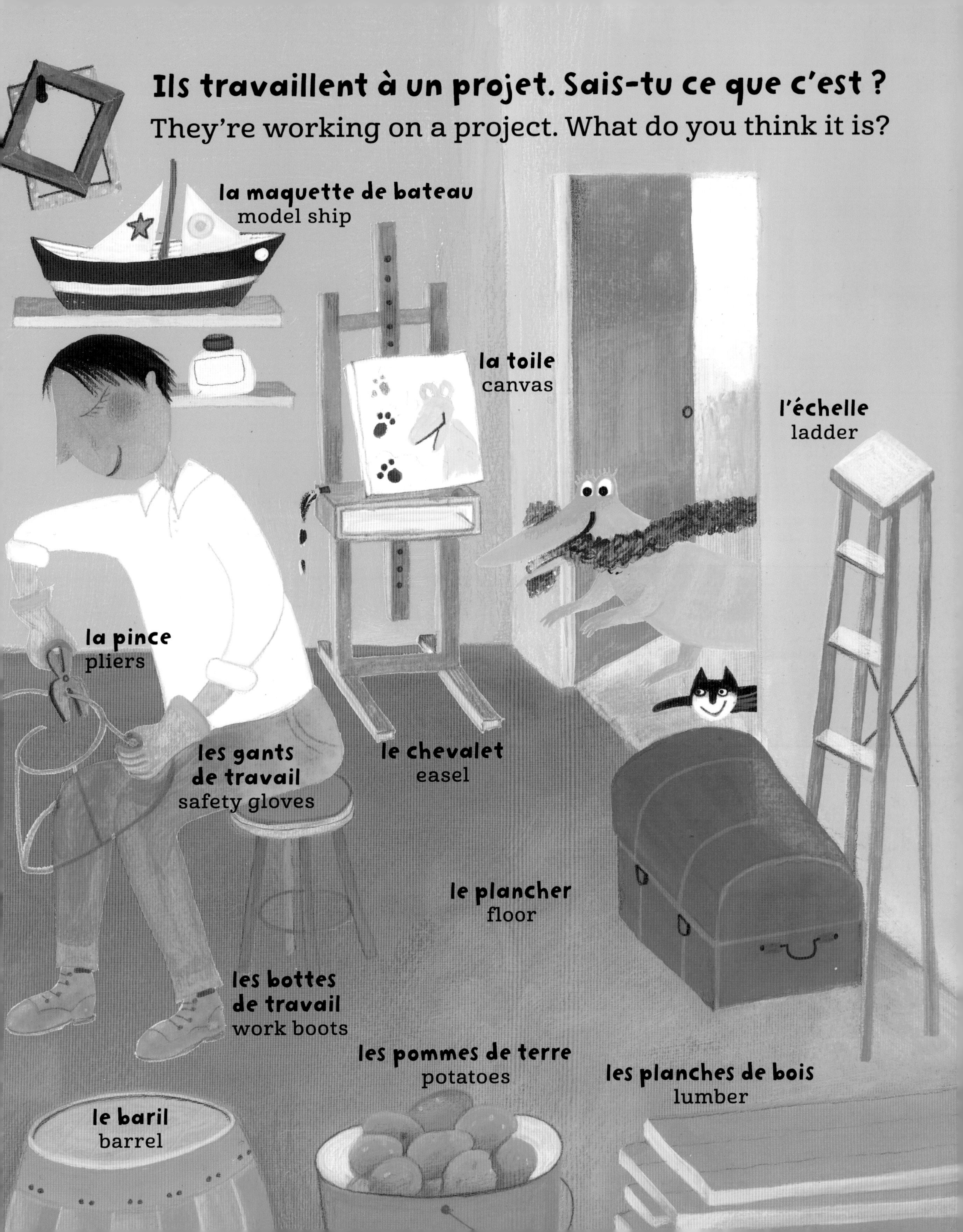
la maquette de bateau
model ship
la toile
canvas
l'échelle
ladder
la pince
pliers
les gants de travail
safety gloves
le chevalet
easel
le plancher
floor
les bottes de travail
work boots
les pommes de terre
potatoes
les planches de bois
lumber
le baril
barrel

Grand-père lit son journal dans le jardin.

Grand-père is reading his newspaper in the backyard.

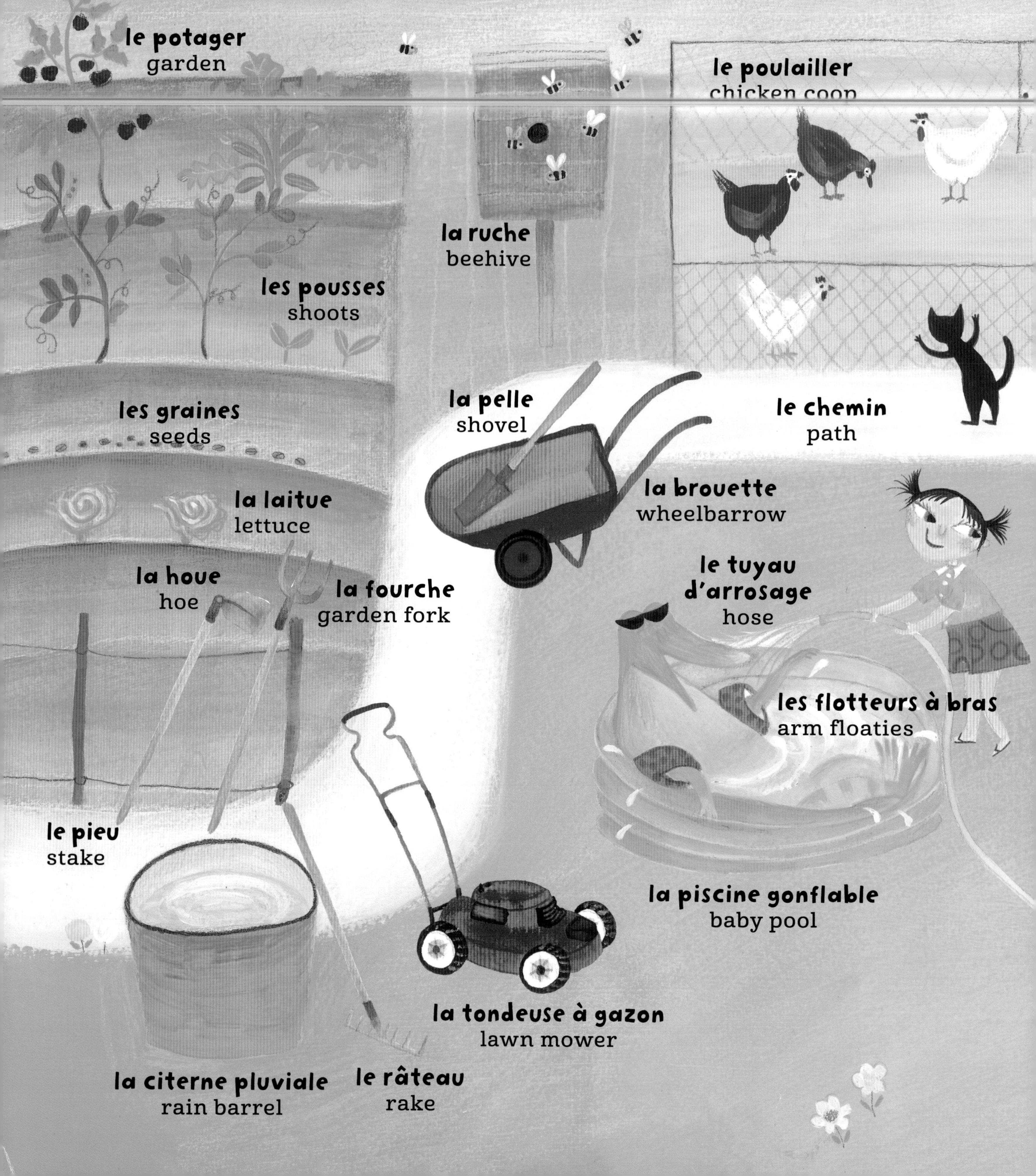

le potager
garden
le poulailler
chicken coop
la ruche
beehive
les pousses
shoots
les graines
seeds
la pelle
shovel
le chemin
path
la laitue
lettuce
la brouette
wheelbarrow
la houe
hoe
la fourche
garden fork
le tuyau d'arrosage
hose
les flotteurs à bras
arm floaties
le pieu
stake
la piscine gonflable
baby pool
la tondeuse à gazon
lawn mower
la citerne pluviale
rain barrel
le râteau
rake

le tas de bois
woodpile
le bac de recyclage
recycling bin
le bac à compost
compost bin
la poubelle
trash can
le treillis
trellis
la balançoire à un pneu
tire swing
le papillon
butterfly
la coccinelle
ladybug
la corde à linge
clothesline
l'arbre
tree
le journal
newspaper
la pelouse
lawn
la chaise de jardin
lawn chair

« Grand-père, nous emmènerais-tu à la bibliothèque ? » demande Sam.

"Grand-père, will you take us to the library?" asks Sam.

« Et après, est-ce qu'on pourrait aller au parc ? » ajoute Maya.

"And then can we go to the park?" adds Maya.

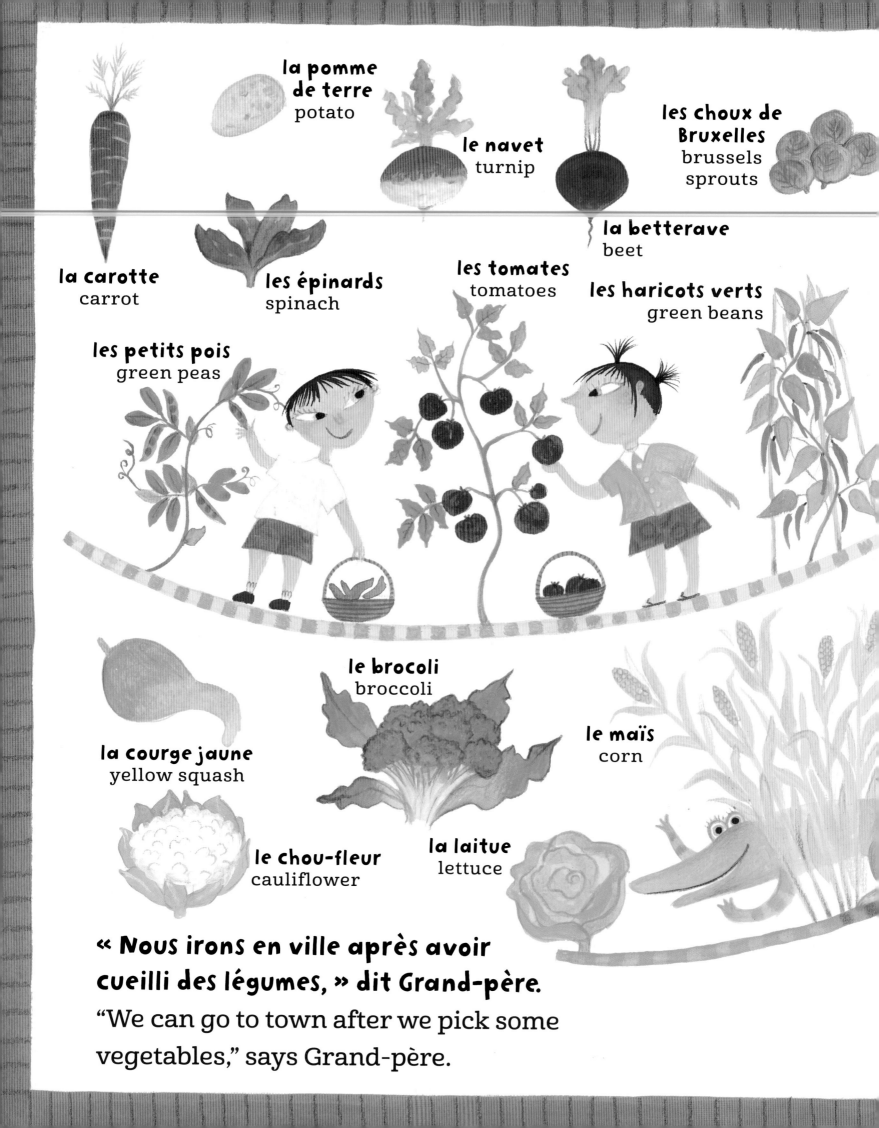

la pomme de terre
potato
le navet
turnip
les choux de Bruxelles
brussels sprouts
la betterave
beet
la carotte
carrot
les épinards
spinach
les tomates
tomatoes
les haricots verts
green beans
les petits pois
green peas
le brocoli
broccoli
le maïs
corn
la courge jaune
yellow squash
le chou-fleur
cauliflower
la laitue
lettuce

« Nous irons en ville après avoir cueilli des légumes, » dit Grand-père.

“We can go to town after we pick some vegetables,” says Grand-père.

la citrouille
pumpkin
le gombo
okra
le cèleri
celery
l'asperge
asparagus
l'oignon
onion
le manioc
yuca
l'ail
garlic
le concombre
cucumber
le poireau
leek
les avocats
avocados
l'artichaut
artichoke
les poivrons
peppers
les courgettes
zucchini
le chou
cabbage
le chou frisé
kale
la patate douce
sweet potato

C'est une journée ensoleillée. Les rues sont animées.

It's a sunny day. The streets are busy.

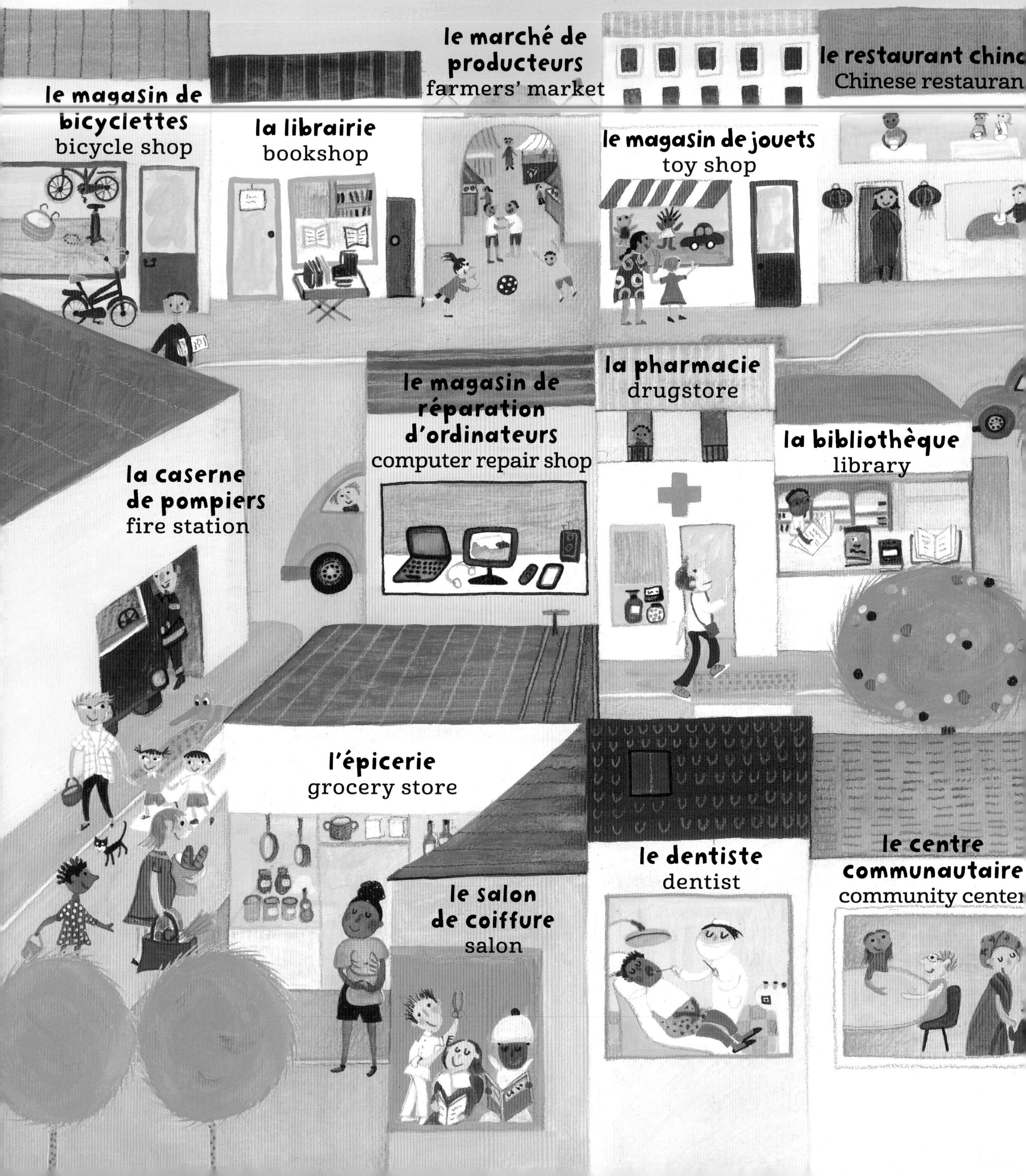
le marché de producteurs
farmers' market
le restaurant chin
Chinese restauran
le magasin de bicyclettes
bicycle shop
la librairie
bookshop
le magasin de jouets
toy shop
la pharmacie
drugstore
le magasin de réparation d'ordinateurs
computer repair shop
la bibliothèque
library
la caserne de pompiers
fire station
l'épicerie
grocery store
le dentiste
dentist
le centre communautaire
community cente
le salon de coiffure
salon

l'hôtel
hotel
le café
café
le poste de police
police station
la boutique
boutique
la galerie d'art
art gallery
la fleuriste
florist
la clinique médicale
doctor's office
l'étal de légumes
vegetable stand
le refuge pour animaux
animal shelter
la boulangerie
bakery
le bar à sushis
sushi bar
l'épicerie fine
delicatessen
le bistro
bistro
le bureau de poste
post office

Regarde toutes ces personnes !

Look at all of these people!

l'artiste
artist
le musicien
musician
l'entrepreneur
contractor
l'architecte
architect
l'écrivaine
writer
l'éditrice
editor
le fermier
farmer
l'enseignant
teacher
le photographe
photographer
le libraire
bookseller
la docteure
doctor
la charpentière
carpenter
le chef
cuisinier
chef
le joueur
de soccer
soccer player
l'agent de
police
police officer
l'astronaute
astronaut

Sam veut devenir chef cuisinier.

Sam wants to be a chef.

l'acrobate
acrobat
la ballerine
ballet dancer
le pompier
firefighter
le vétérinaire
vet
la mécanicienne
mechanic
l'arboricultrice
arborist
la juge
judge
le journaliste
reporter
le chauffeur d'autobus
bus driver
l'acteur
actor
la designer de mode
fashion designer
le coiffeur
hair stylist
le céramiste
potter

Et toi, que veux-tu faire plus tard comme métier ?

What do you want to be when you grow up?

Regarde ! C'est un chantier de construction.

Look! It's a construction site.

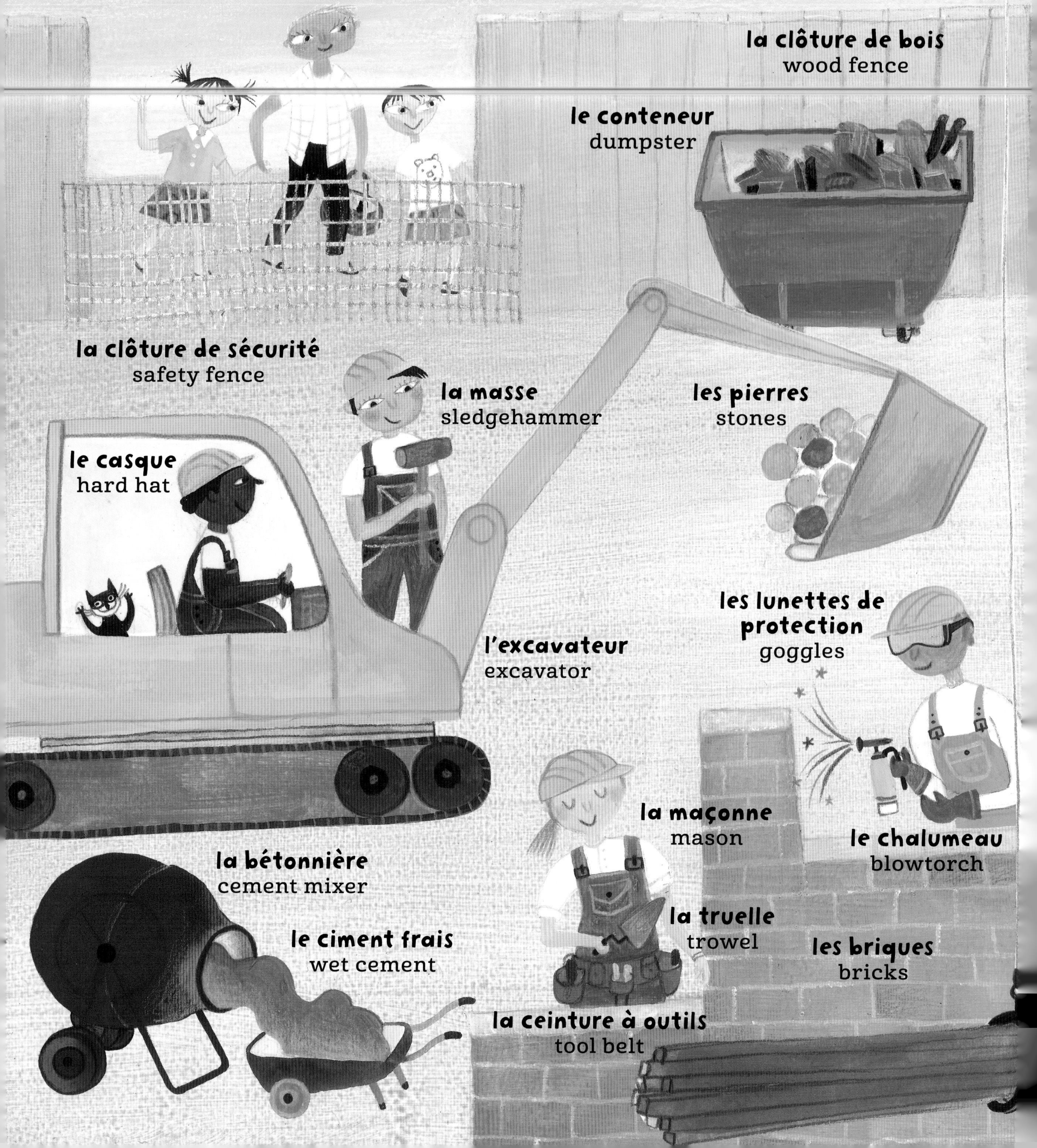
la clôture de bois
wood fence
le conteneur
dumpster
la clôture de sécurité
safety fence
la masse
sledgehammer
les pierres
stones
le casque
hard hat
les lunettes de protection
goggles
l'excavateur
excavator
la maçonne
mason
le chalumeau
blowtorch
la bétonnière
cement mixer
la truelle
trowel
le ciment frais
wet cement
les briques
bricks
la ceinture à outils
tool belt

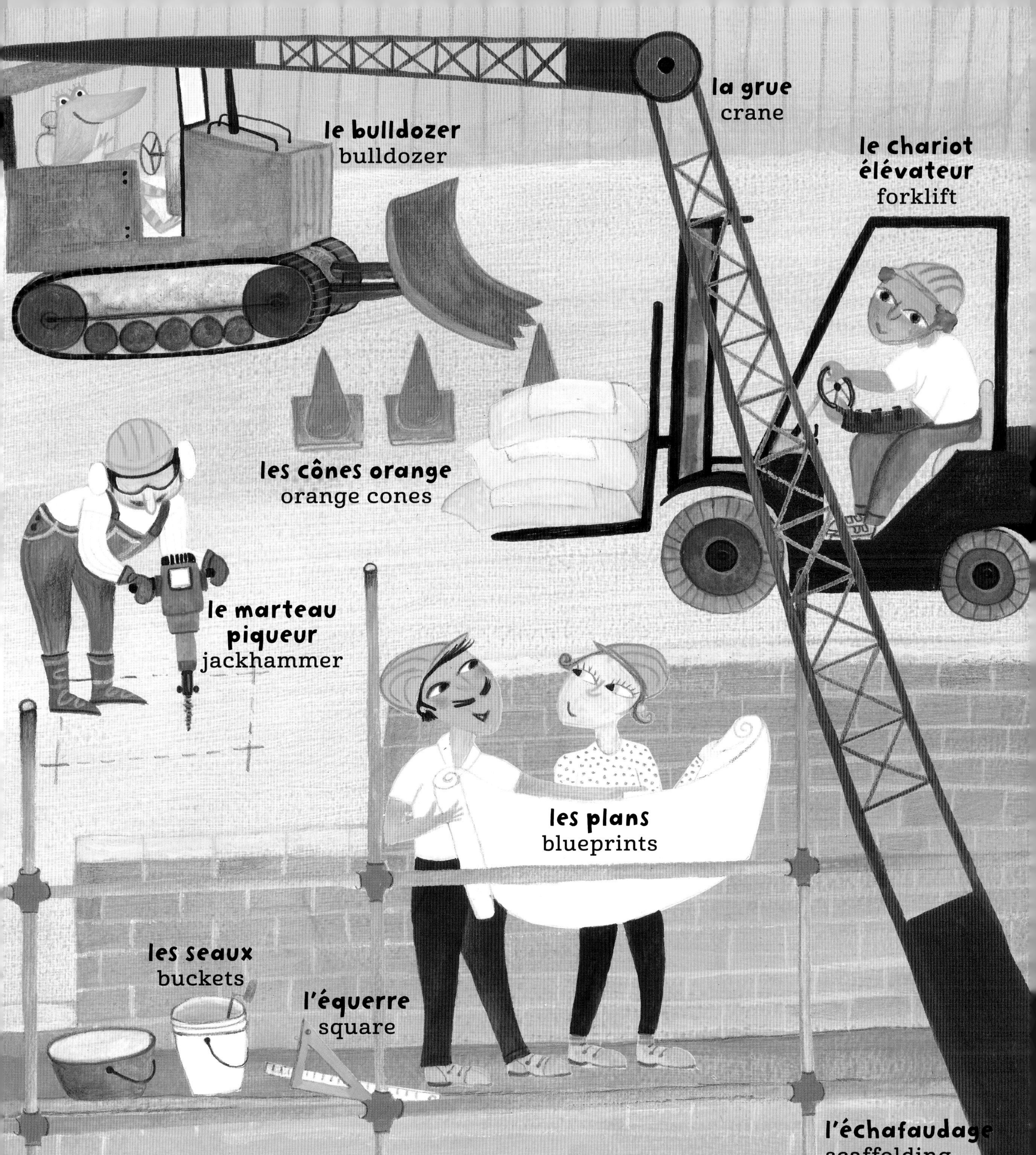
la grue
crane
le bulldozer
bulldozer
le chariot élévateur
forklift
les cônes orange
orange cones
le marteau piqueur
jackhammer
les plans
blueprints
les seaux
buckets
l'équerre
square
l'échafaudage
scaffolding

Grand-père dit qu'ils construisent une nouvelle maison ici.

Grand-père says that they're building a new house here.

Quel genre de maison aimerais-tu habiter ?

What kind of home would you like to live in?

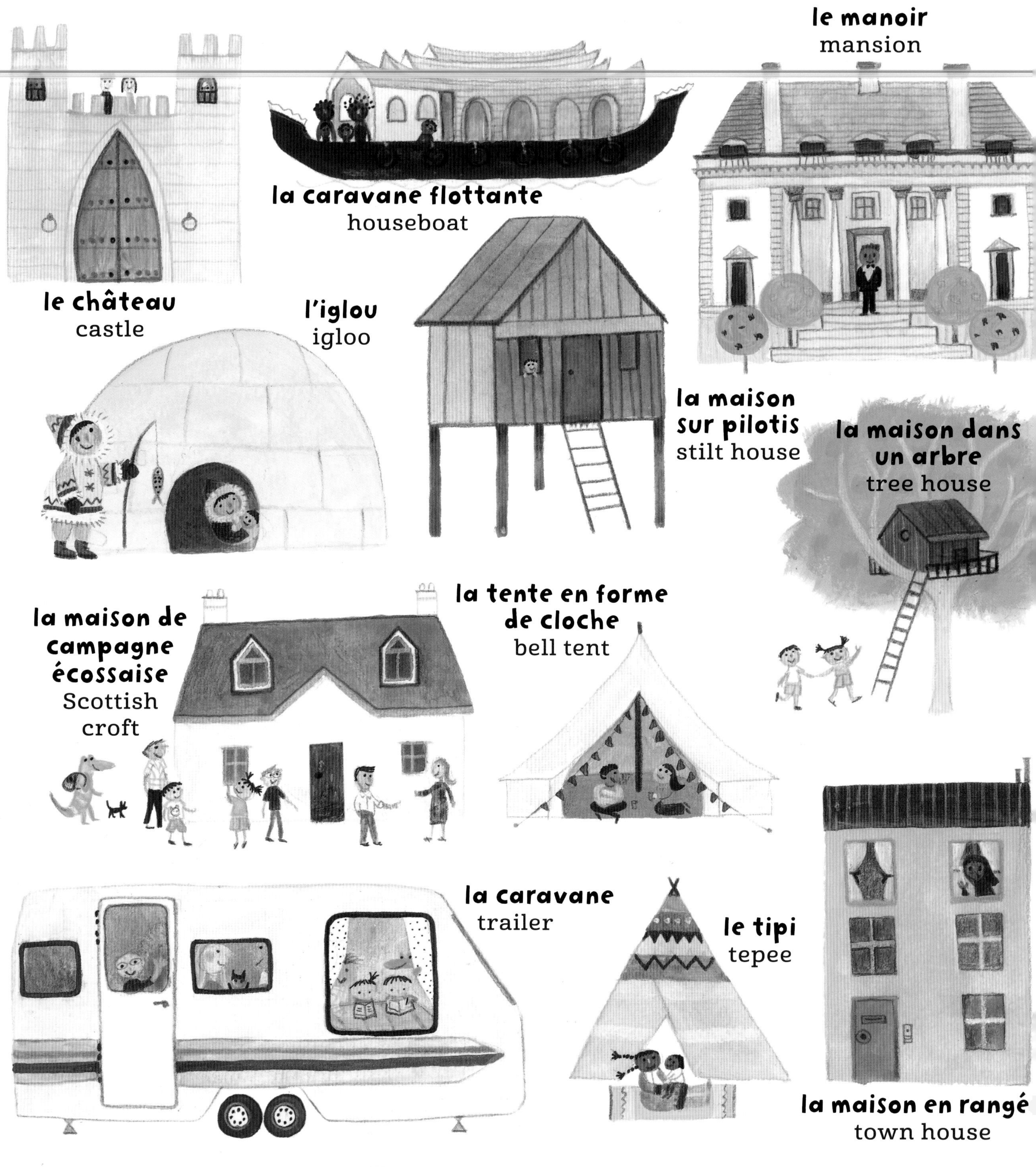
le château
castle
la caravane flottante
houseboat
le manoir
mansion
l'iglou
igloo
la maison sur pilotis
stilt house
la maison dans un arbre
tree house
la maison de campagne écossaise
Scottish croft
la tente en forme de cloche
bell tent
la caravane
trailer
le tipi
tepee
la maison en rangé
town house

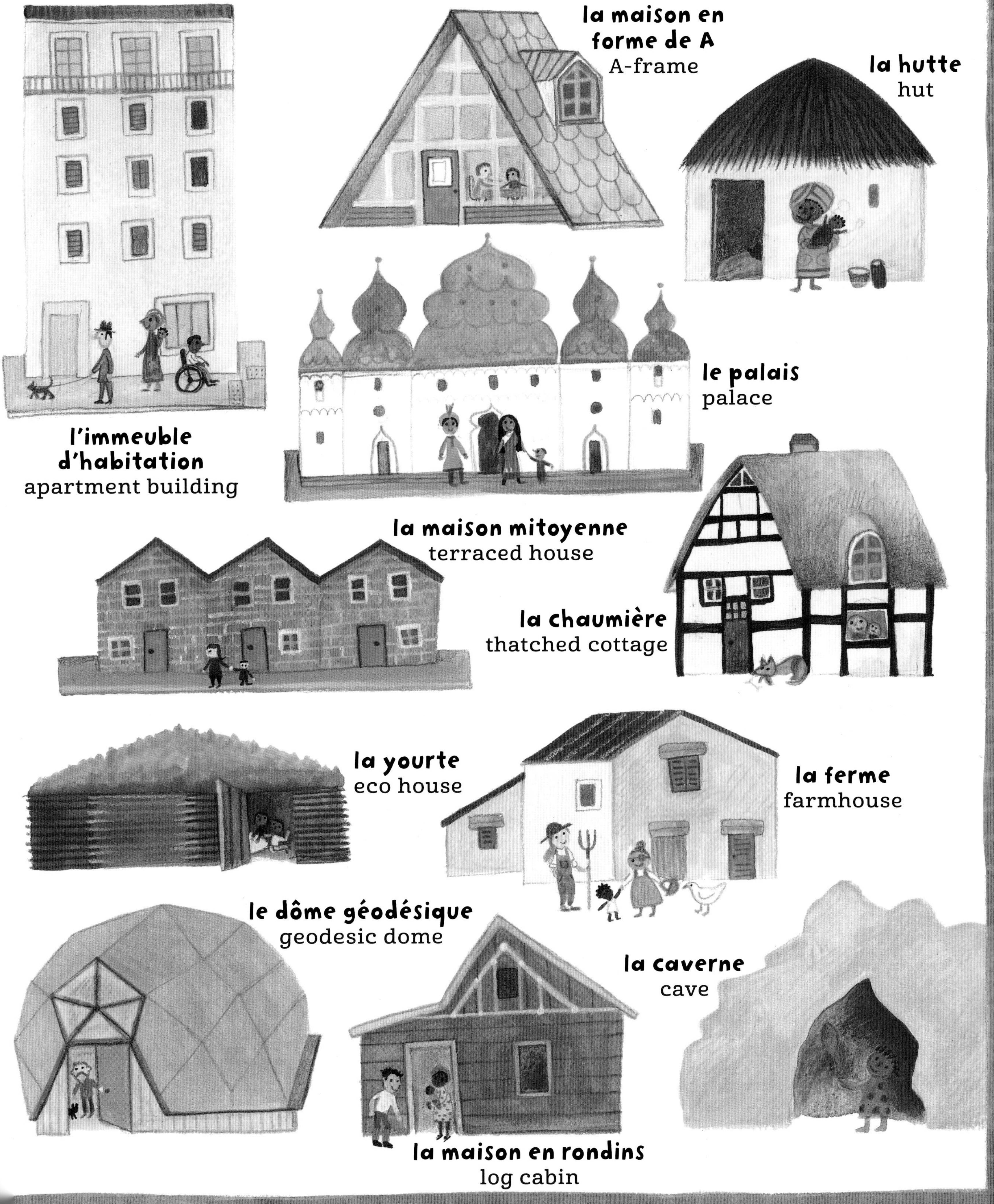
l'immeuble d'habitation
apartment building
la maison en forme de A
A-frame
la hutte
hut
le palais
palace
la maison mitoyenne
terraced house
la chaumière
thatched cottage
la yourte
eco house
la ferme
farmhouse
le dôme géodésique
geodesic dome
la caverne
cave
la maison en rondins
log cabin

l'affiche
poster
le portemanteau
coatrack
les films
movies
le tableau d'affichage
bulletin board
les étagèr
bookshelve
les prospectus
leaflets
le kangourou en peluche
stuffed kangaroo
les écouteurs
headphones
le logo de la bouc
magnétique pou
prothèses auditive
hearing aid loop sig
le dictionnaire
dictionary
l'ordinateur
computer
la souris
mouse
le tapis de souris
mouse pad
le globe terrestre
globe
la poubelle
trash can

À la bibliothèque, M. Thomas nous aide à choisir des livres.

At the library, Mr. Thomas helps us choose some books.

la boite des objets perdus
lost-and-found box
les magazines
magazines
les livres
books
le bibliothécaire
librarian
le tampon en caoutchouc
rubber stamp
le retour des livres
book return
le comptoir de prêts
circulation desk
les cure-pipes
pipe cleaners
les ciseaux
scissors
les crayons de couleur
crayons
les assiettes de papier
paper plates

Sam aime les histoires de magie.

Sam likes stories with lots of magic in them.

Quels personnages aimerais-tu rencontrer ?

Which story characters would you like to meet?

l'ange
angel
le guerrier
warrior
l'extraterrestre
alien
l'elfe
elf
la fée
fairy
le prince
prince
le géant
giant
le griffon
griffin
le lutin
goblin
le dragon
dragon

le chevalier
knight
le fantôme
ghost
la princesse
princess
le vampire
vampire
le troll
troll
le roi
king
la reine
queen
l'espion
spy
la sorcière
witch
le voleur
robber
le sorcier
wizard
la sirène
mermaid
la licorne
unicorn

Au marché, Grand-père achète un pot de miel doré.

At the market, Grand-père buys a jar of golden honey.

les livres
books
le porc
pork
les champignons
mushrooms
les fines herbes
herbs
les épices
spices
les œufs
eggs
les fromages
cheeses

la viande
meat
la ficelle
twine
le couperet à viande
meat cleaver
l'agneau
lamb
le billot de boucher
butcher's block
le bœuf
beef
les sucreries
sweets
les fruits
fruits
les oranges
oranges
les pommes
apples
le raisin
grapes
les kiwis
kiwis
les bananes
bananas
les ananas
pineapples
les fleurs
flowers
la couronne
wreath
les tulipes
tulips
les roses
roses
les tournesols
sunflowers
les marguerites
daisies
la lavande
lavender
les volailles
poultry

Après le marché, nous allons au parc.

After the market, we go to the park.

le cerf-volant
kite
le banc
bench
le carré de sable
sandbox
les bulles
bubbles
le ballon de soccer
soccer ball
10
les billes
marbles
le jeu modulaire
jungle gym
le toboggan
slide
les patins à roulettes
roller skates

Il y a beaucoup d'enfants qui s'amusent. Allons jouer, nous aussi !

It's full of children playing. Let's join in!

le sandwich
sandwich
la culbute
somersault
les fourmis
ants
les carottes
carrots
la limonade
lemonade
le thermos
thermos
le houmous
hummus
les biscuits
cookies
le jeu de bascule
seesaw
la planche à roulettes
skateboard
la corde balançoire
rope swing
la corde à sauter
jump rope
la marelle
hopscotch
la balançoire
swing

Tout le monde au parc a l'air heureux et détendu.

Everyone in the park looks happy and relaxed.

triste
sad
ennuyé
bored
impatient
impatient
gênée
embarrassed
perplexe
puzzled
calme
calm
en colère
angry
offensée
offended
attentionné
thoughtful
dégouté
disgusted
curieux
curious
mécontent
annoyed
jalouse
jealous

plein d'espoir
hopeful
affamée
hungry
endormie
sleepy
nerveux
nervous
heureuse
happy
patient
patient
enthousiaste
excited
méfiante
wary
aimante
loving
effrayé
scared
malade
sick
seule
lonely

D'après toi, comment se sentent ces enfants?

How do you think these children feel?

C’est maintenant l’heure de rentrer.

It’s time to go home now.

le feu pour piétons
pedestrian signal
la bouche d’égout
manhole
le trottoir
sidewalk
le cyclopousse
pedicab
STOP
le brigadier scolaire
crossing guard
le passage piéton
crosswalk
le réverbère
lamppost
le drapeau
flag
le panneau d’affichage
billboard
l’église
church
l’arrêt d’autobus
bus stop

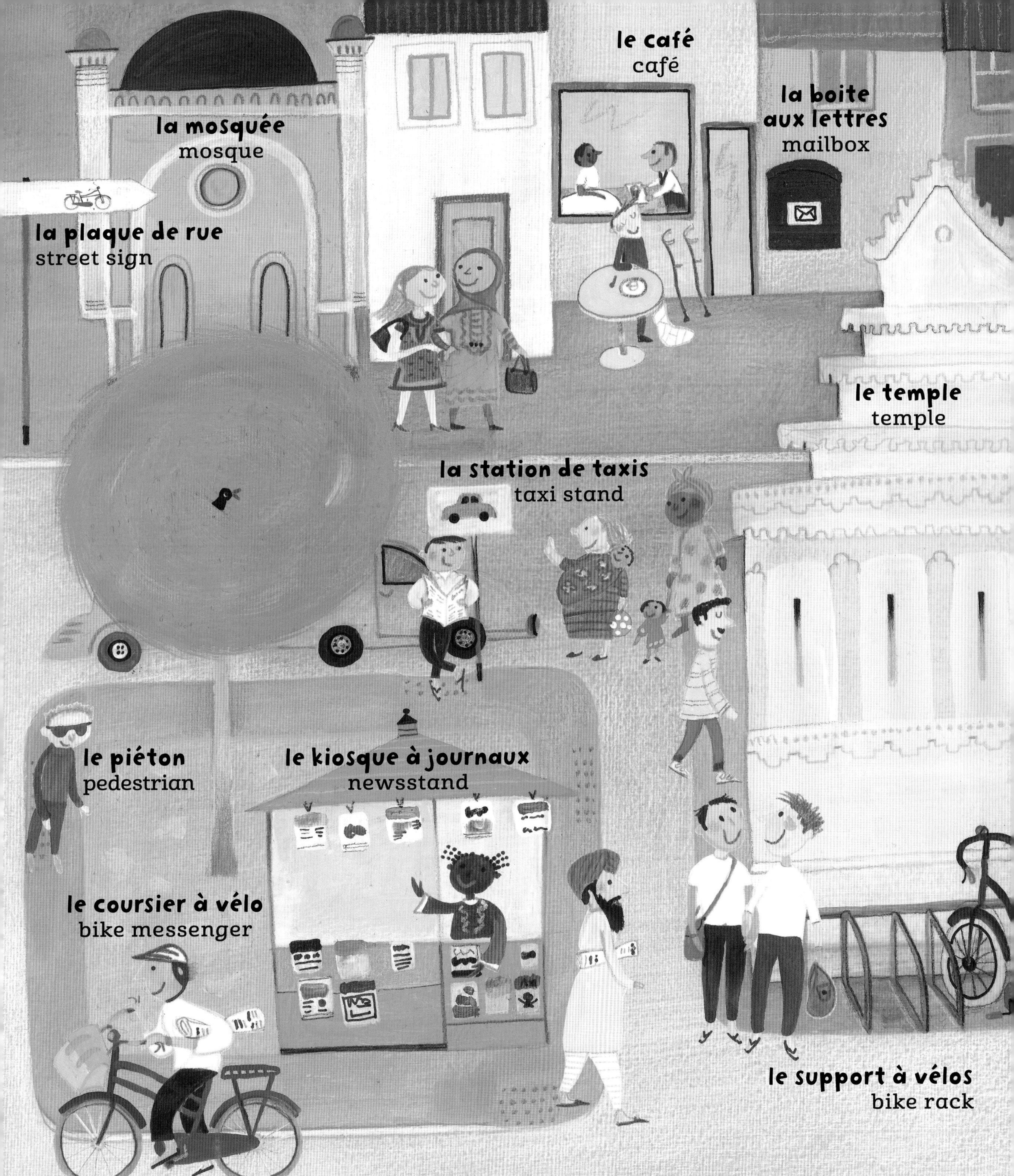
le café
café
la mosquée
mosque
la boite aux lettres
mailbox
la plaque de rue
street sign
le temple
temple
la station de taxis
taxi stand
le piéton
pedestrian
le kiosque à journaux
newsstand
le coursier à vélo
bike messenger
le support à vélos
bike rack

Regarde! Notre autobus arrive.

Look! Our bus is coming.

Il y a beaucoup de manières de voyager.

There are so many ways to get around.

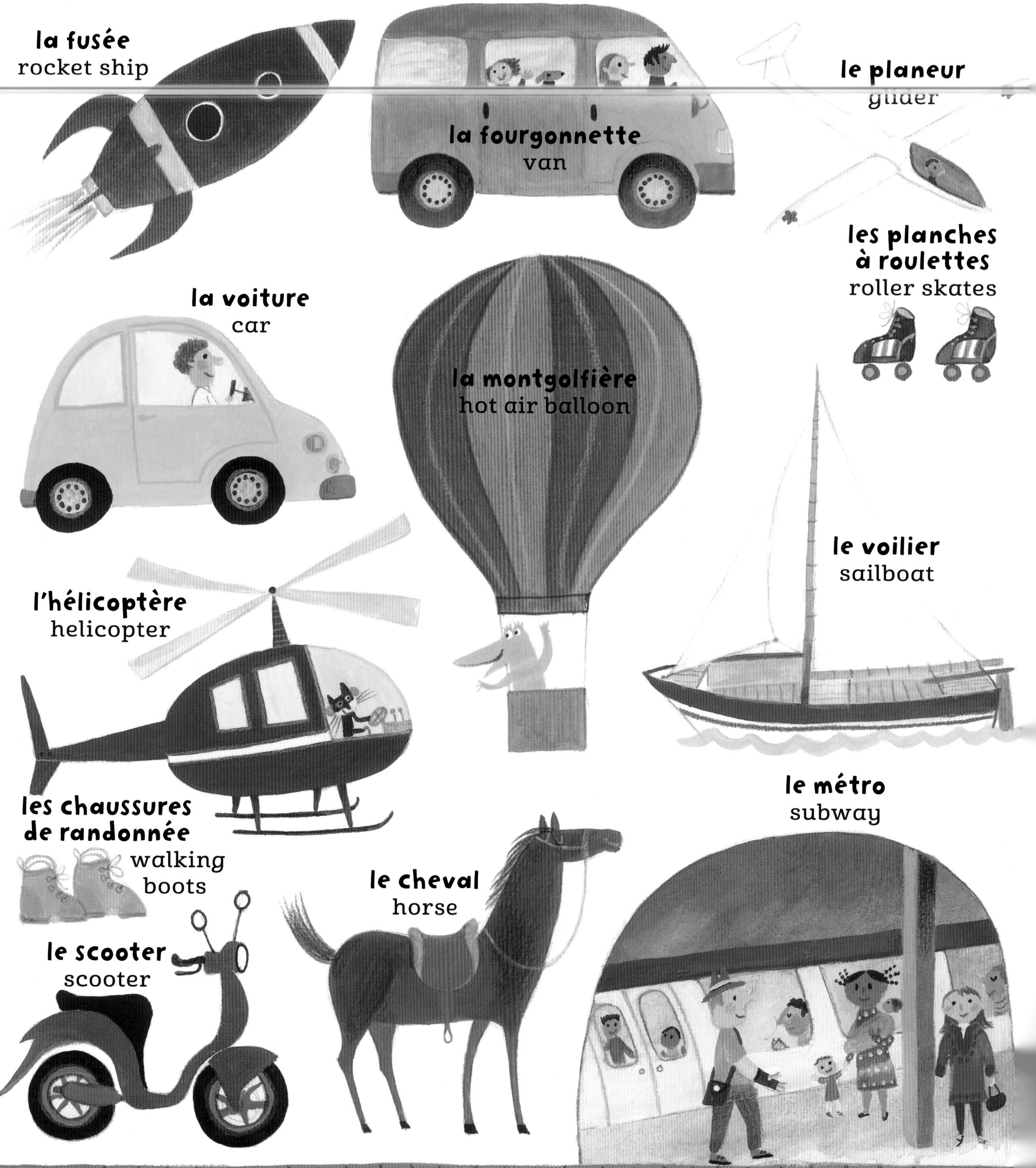
la fusée
rocket ship
la fourgonnette
van
le planeur
glider
les planches à roulettes
roller skates
la voiture
car
la montgolfière
hot air balloon
le voilier
sailboat
l'hélicoptère
helicopter
les chaussures de randonnée
walking boots
le cheval
horse
le métro
subway
le scooter
scooter

De quelle façon aimes-tu voyager ?

How do you like to travel?

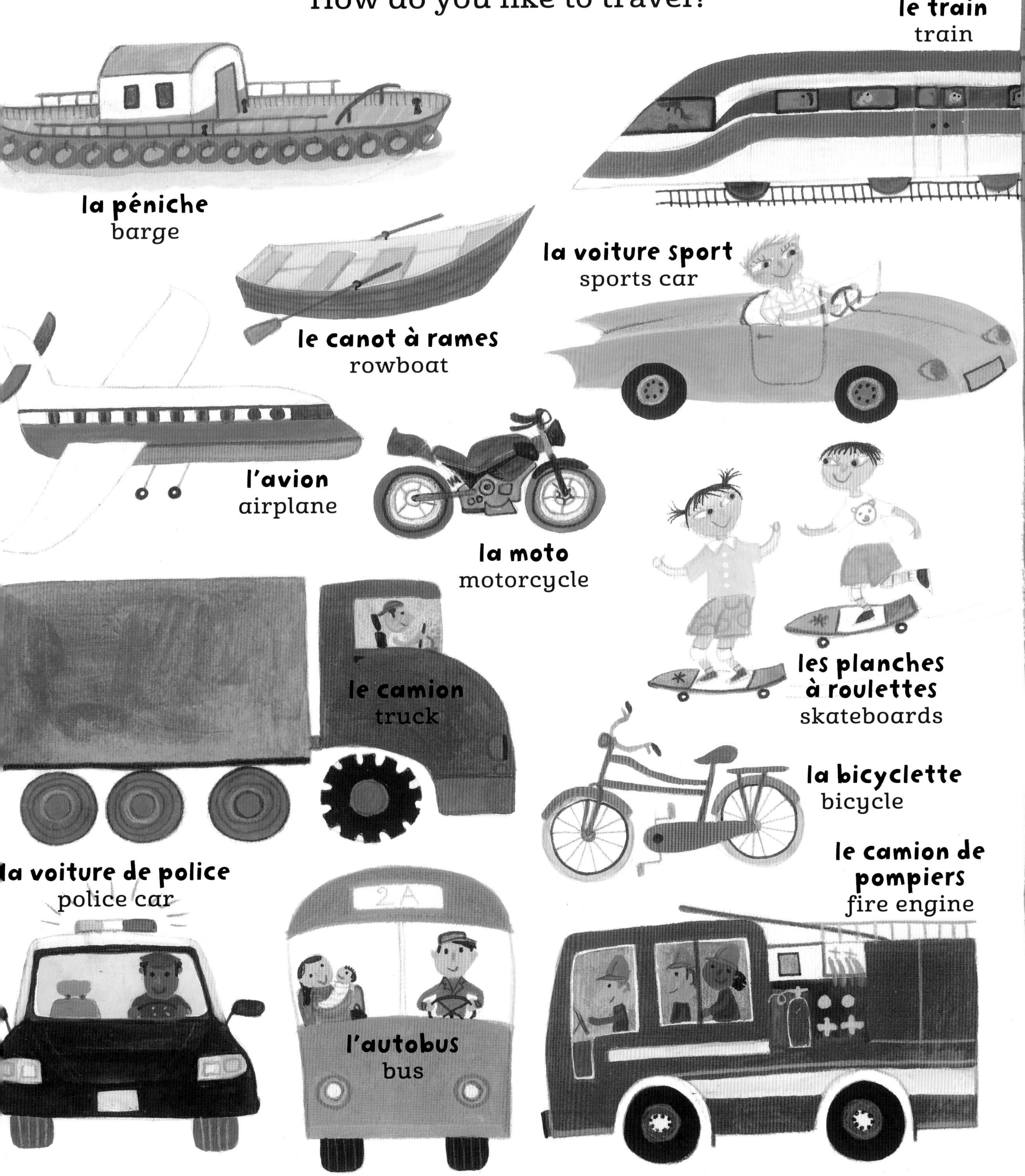
le train
train
la péniche
barge
la voiture sport
sports car
le canot à rames
rowboat
l'avion
airplane
la moto
motorcycle
le camion
truck
les planches à roulettes
skateboards
la bicyclette
bicycle
la voiture de police
police car
l'autobus
bus
le camion de pompiers
fire engine
2A

les lamas
llamas
les collines
hills
le champ
field
le pont
bridge
le tracteur et la remorque
tractor and trailer
le silo
silo
la rivière
river
la balle de foin
hay bale
l'épouvantail
scarecrow
la fermière
farmer
les poules
chickens
la moissonneuse-batteuse
combine harvester
le maïs
corn
la cycliste
cyclist

Sur le chemin du retour, nous traversons la campagne.

On the way home, we drive through the country.

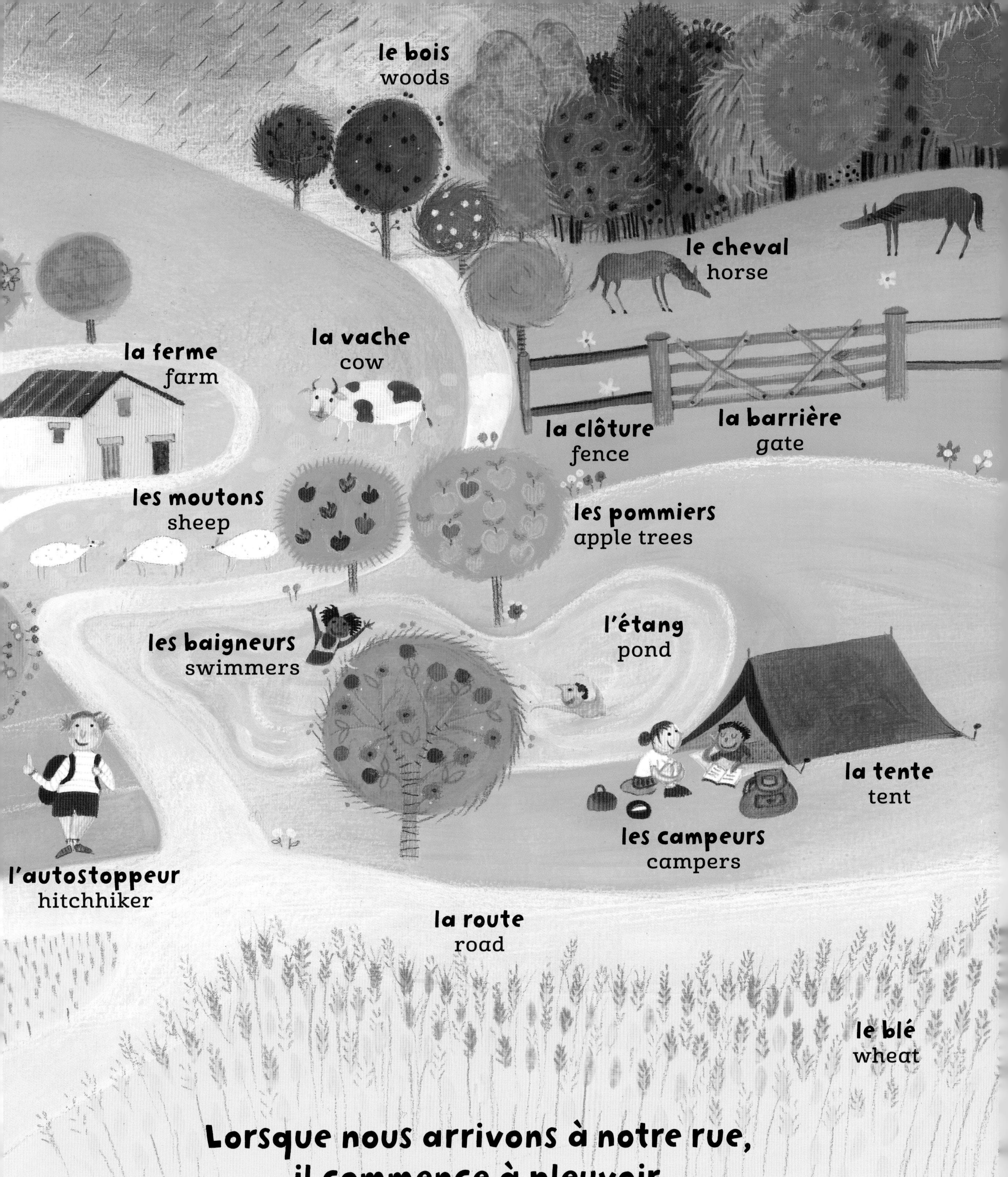
le bois
woods
le cheval
horse
la ferme
farm
la vache
cow
la clôture
fence
la barrière
gate
les moutons
sheep
les pommiers
apple trees
les baigneurs
swimmers
l'étang
pond
la tente
tent
les campeurs
campers
l'autostoppeur
hitchhiker
la route
road
le blé
wheat

**Lorsque nous arrivons à notre rue,
il commence à pleuvoir.**

When we reach our street, it's starting to rain.

On dirait qu'il va y avoir un orage !

It looks like there's going to be a storm!

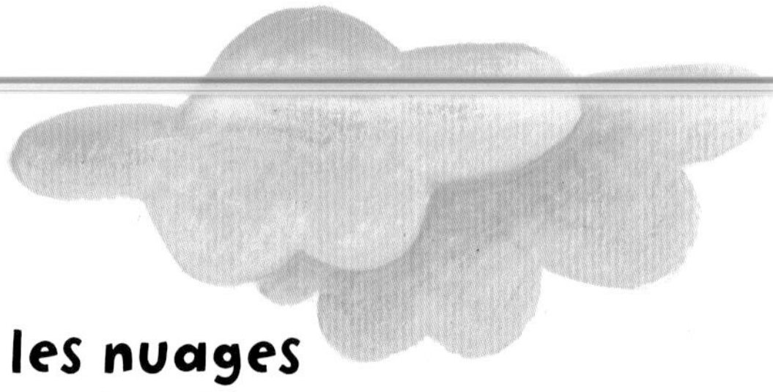

les nuages
clouds

le brouillard
fog

la grêle
hail

la glace
ice

le baromètre
barometer

la bruine
drizzle

la tornade
tornado

la neige fondue
sleet

le parapluie
umbrella

le manche à air
wind sock

Quel temps préfères-tu ?

What is your favorite kind of weather?

la pluie
rain

le gel
frost

l'ouragan
hurricane

la neige
snow

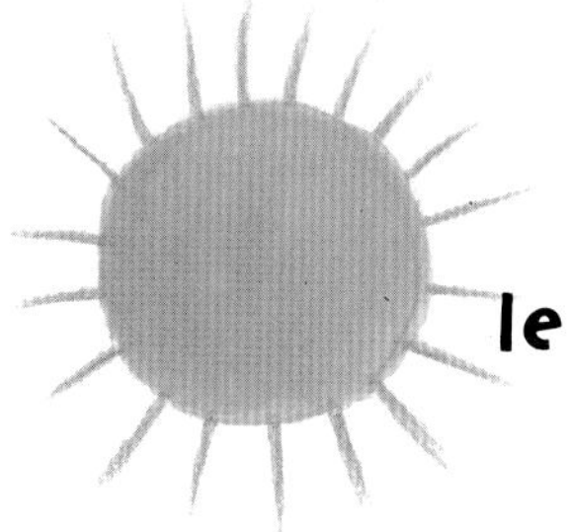

le soleil
sun

la girouette
weather vane

l'arc-en-ciel
rainbow

la tempête de neige
blizzard

le vent
wind

l'orage
thunderstorm

les éclairs
lightning

Une soirée pluvieuse est idéale pour passer du temps en famille.

A rainy night is perfect for spending time together.

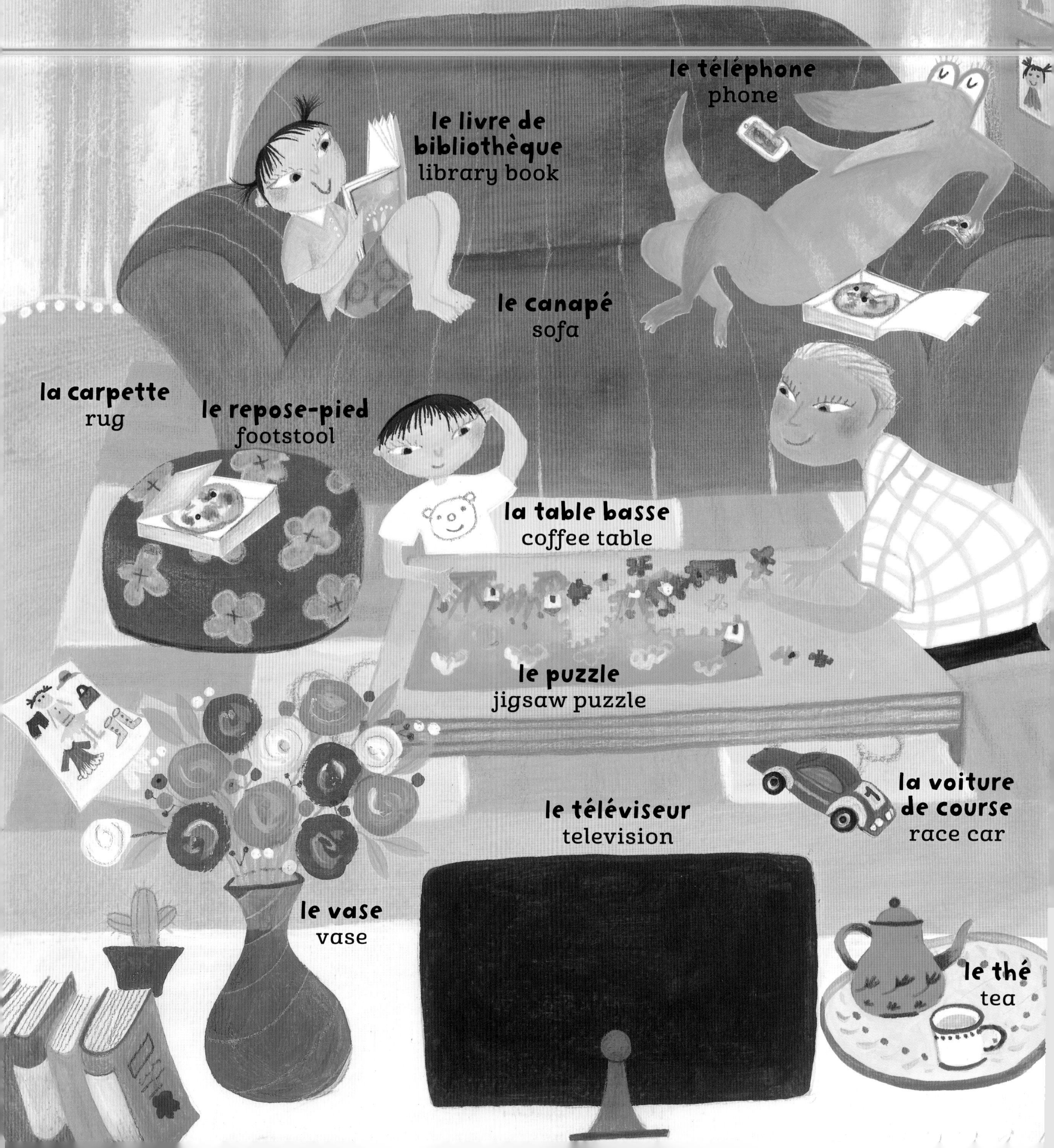
le téléphone
phone
le livre de bibliothèque
library book
le canapé
sofa
la carpette
rug
le repose-pied
footstool
la table basse
coffee table
le puzzle
jigsaw puzzle
la voiture de course
race car
le téléviseur
television
le vase
vase
le thé
tea

Où est le morceau de puzzle manquant ?

Where is the missing puzzle piece?

la peinture
painting
le miroir
mirror
la bougie
candle
la photographie
photograph
les bûches
logs
la cheminée
fireplace
le soufflet
bellows
les échecs
chess
le coussin
pillow
l'abat-jour
lamp shade
l'ampoule
lightbulb
le jeu de cartes
deck of cards
le fauteuil
chair

Le livre de Maya porte sur les animaux.

Maya's book is all about animals.

le papillo
de nuit
xoona mot
le chien
dog
le bison
buffalo
l'éléphant
elephant
le yak
yak
l'oiseau-ombrelle
umbrella bird
le loup
wolf
la caille
quail
le perroquet
parrot
la girafe
giraffe
le fourmilier
anteater
le suricate
meerkat
le serpent
snake
le rossignol
nightingale

le vautour
vulture
le zèbre
zebra
le rhinocéros
rhinoceros
le chacal
jackal
le chimpanzé
chimpanzee
le flamant
flamingo
le bouquetin
ibex
le kangourou
kangaroo
l'orang-outan
orangutan
le tigre
tiger
le lion
lion
l'hippopotame
hippopotamus

Que choisirais-tu comme animal de compagnie ?

Which animal would you like to have as a pet?

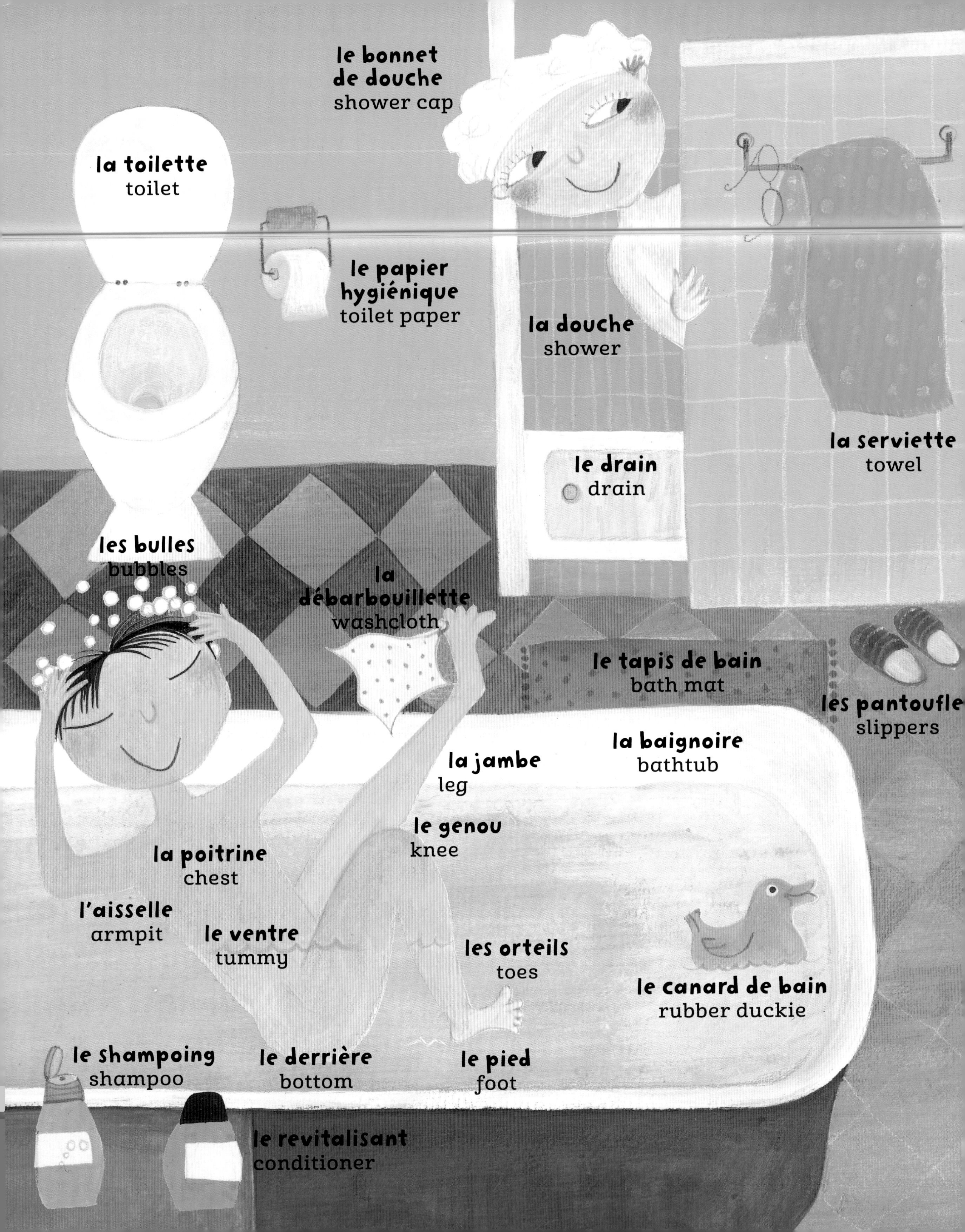
le bonnet de douche
shower cap
la toilette
toilet
le papier hygiénique
toilet paper
la douche
shower
la serviette
towel
le drain
drain
les bulles
bubbles
la débarbouillette
washcloth
le tapis de bain
bath mat
les pantoufle
slippers
la baignoire
bathtub
la jambe
leg
le genou
knee
la poitrine
chest
l'aisselle
armpit
le ventre
tummy
les orteils
toes
le canard de bain
rubber duckie
le shampoing
shampoo
le derrière
bottom
le pied
foot
le revitalisant
conditioner

C'est l'heure du bain. N'oublie pas de te laver derrière les oreilles !

It's bath time. Don't forget to wash behind your ears!

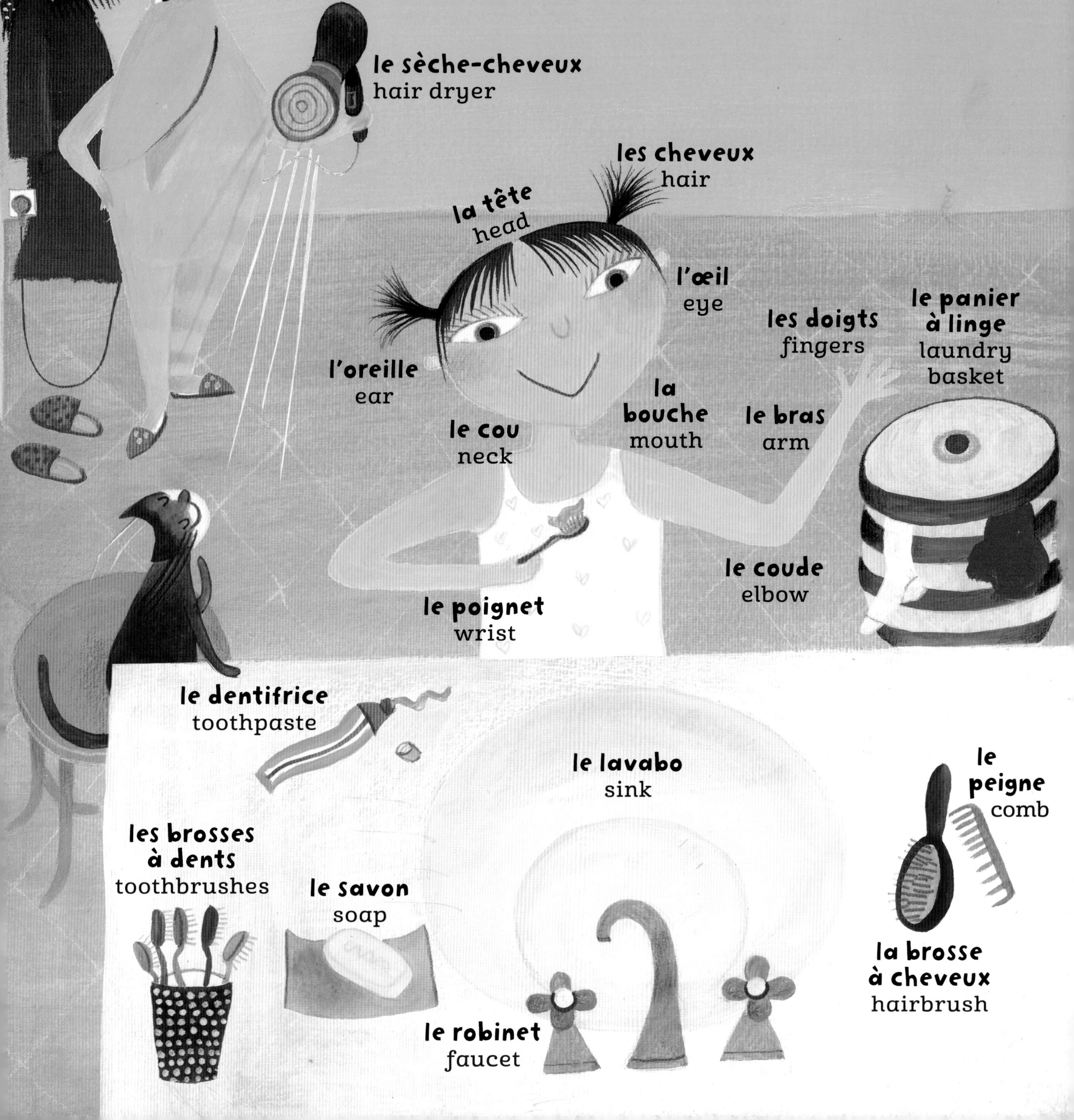
le sèche-cheveux
hair dryer
les cheveux
hair
la tête
head
l'œil
eye
les doigts
fingers
le panier à linge
laundry basket
l'oreille
ear
la bouche
mouth
le bras
arm
le cou
neck
le coude
elbow
le poignet
wrist
le dentifrice
toothpaste
le lavabo
sink
le peigne
comb
les brosses à dents
toothbrushes
le savon
soap
la brosse à cheveux
hairbrush
le robinet
faucet

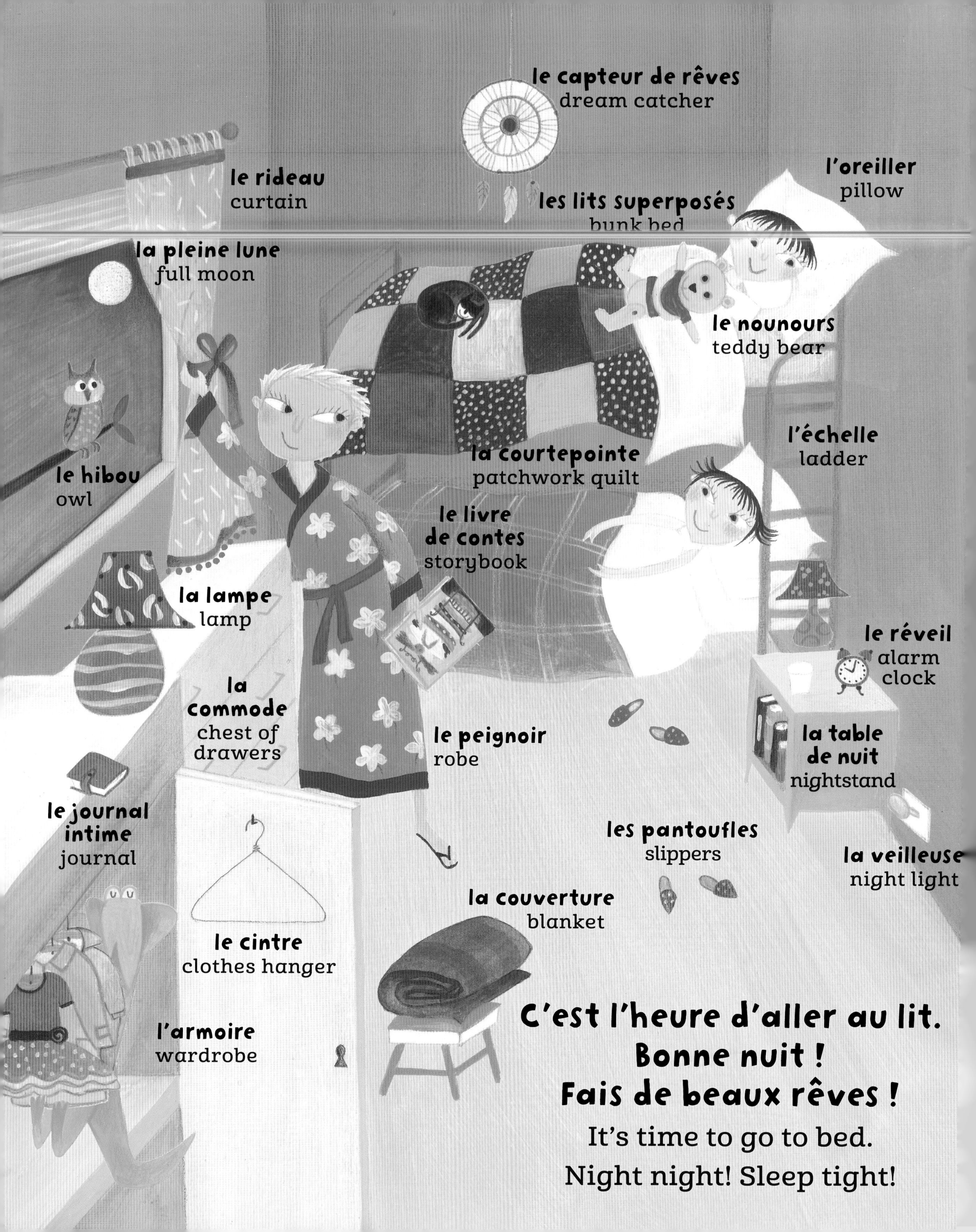
le capteur de rêves
dream catcher
le rideau
curtain
les lits superposés
bunk bed
l'oreiller
pillow
la pleine lune
full moon
le nounours
teddy bear
l'échelle
ladder
le hibou
owl
la courtepointe
patchwork quilt
le livre
de contes
storybook
la lampe
lamp
le réveil
alarm
clock
la
commode
chest of
drawers
le peignoir
robe
la table
de nuit
nightstand
le journal
intime
journal
les pantoufles
slippers
la veilleuse
night light
la couverture
blanket
le cintre
clothes hanger
l'armoire
wardrobe
C'est l'heure d'aller au lit.
Bonne nuit !
Fais de beaux rêves !
It's time to go to bed.
Night night! Sleep tight!